AF326132

VIGNETTES

POUR ILLUSTRATIONS

LA PLUPART

DU XVIIIe SIÈCLE

COMMISSAIRES-PRISEURS

Me MAURICE DELESTRE   Me A. FOUCAULT
5, rue Saint-Georges, 5   26, rue des Petits-Champs, 26

EXPERT

M. DUPONT aîné, marchand d'Estampes
15, rue de Seine, 15

yd $\frac{1}{80}$ (H- 16 avril 1902

CATALOGUE

(N° 176)

DE

VIGNETTES

POUR ILLUSTRATIONS

LA PLUPART DU XVIII° SIÈCLE

EN GRANDE PARTIE
AVANT LA LETTRE ET A L'EAU-FORTE PURE

Composant la Collection de feu **M. Alfred PIET**

Ancien Archiviste-Trésorier de la **Société des Amis des Livres**

(PREMIÈRE PARTIE)

DONT LA VENTE AURA LIEU

HOTEL DES COMMISSAIRES-PRISEURS

Rue Drouot, Salle n° 8

Les Lundi 14, Mardi 15 et Mercredi 16 Avril 1902

A DEUX HEURES PRÉCISES

COMMISSAIRES-PRISEURS

M° MAURICE DELESTRE	M° A. FOUCAULT
5, rue Saint-Georges, 5	26, rue des Petits-Champs, 26

EXPERT

M. DUPONT aîné, marchand d'Estampes, 15, rue de Seine

PARIS — 1902

IMPRIMERIE MODERNE

H. BOUCHARDEAU, DIRECTEUR

CHATEAU-THIERRY

CONDITIONS DE LA VENTE

Elle sera faite au comptant.

Les acquéreurs paieront *dix pour cent* en sus des adjudications.

M. Dupont, chargé de la Vente, se réserve la faculté de réunir ou de diviser les lots.

ORDRE DES VACATIONS :

Lundi 14 Avril....................	Nᵒˢ 1	à	142
Mardi 15 Avril....................	143	à	276
Mercredi 16 Avril.................	277	à	409

DÉSIGNATION

ANACRÉON

1 — Suite complète des 4 figures de Girodet et Bouillon, pour les *Odes*, traduite en vers par J.-B. de Saint-Victor, in-8.

> Epreuves en deux états avant et avec la lettre, grandes marges. — Plus 1 en-tête et 2 culs-de-lampe d'Eisen tirés hors texte pour l'édition Bastien, 1772.

ARIOSTE

2 — Suite complète de 46 figures de Cipriani, Cochin, Moreau et autres et un portrait, pour *Orlando furioso,* édition de Baskerville, grand in-8.

> Suite complète avant la lettre, marges inégales (les Chants 1, 2, 8, 10, 11, 19, 24, 35, 36, 40 et 43 n'existent pas avant la lettre).

3 — Figures de la même suite.

> 32 pièces à l'eau-forte pure ou non terminées, plusieurs avec grandes marges. Très rares. — Plus la suite complète des 2 figures de Moreau pour le même ouvrage également à l'eau-forte pure.

ARIOSTE

4 — La même suite complète.

Très belles épreuves du premier tirage, marges in-folio ;
en 1 album demi rel. maroq. rouge non rogné. Collection
Michelot.

5 — Suite complète des 46 figures de Cochin, pour
Roland Furieux, traduction de d'Ussieux ;
1775-1783, in-4.

Très belles épreuves avant la lettre du 1ᵉʳ tirage avec
les cadres et avant les nᵒˢ (moins les Chants V & XIII),
avec de grandes marges, sauf le chant XV qui est rogné.

6 — La même suite complète.

Belles épreuves du 1ᵉʳ tirage avec les cadres mais avec
les nᵒˢ, toutes marges (moins le Chant XXIII qui est
remargé).

7 — Figures de la même suite.

45 pièces à l'eau-forte pure. Très rares (Manquent les
Chants XVI et XXXXV). La vignette du Chant XXXIX
est double en contre-partie.

ARNAUD (Baculard d')

8 — Vignettes d'Eisen et Marillier, pour ses *Œuvres*,
in-8.

4 vignettes et 1 en-tête à l'eau-forte pure, 3 en-têtes tirés
hors texte, dont deux à toutes marges et 2 culs-de-lampe
hors texte, toutes marges.

9 — Doubles de la suite précédente.

3 en-têtes et 3 culs-de-lampe tirés hors texte, toute marge

AUDINOT

10 — Suite complète de 6 figures de Martinet, pour *le Tonnelier*, opéra comique, 1765, in-8.

Très belles épreuves grandes marges (la dernière est plus courte). — Plus 4 pièces de la même suite coloriées du temps.

BALZAC (de)

11 — Suite de 10 compositions de G. Cain, gravées par Gaujean et Géry-Bichard, pour la *Cousine Bette*, édition Quantin 1888, grand in-8.

Très belles épreuves en trois états : Eau-forte pure, épreuves avancées, et épreuves avant la lettre dont plusieurs avec remarques sur papier du Japon.

BARTHÉLEMY

12 — Suite de 4 figures de Moreau, en largeur, pour une édition du *Voyage du jeune Anacharsis*, qui est demeurée inachevée, in-4.

9 pièces dont quatre à l'eau-forte pure et les autres avant la lettre et états.

BEAUHARNAIS (Comtesse de)

13 — Suite complète de 2 frontispices et 2 figures de
Marillier, pour *Mélanges de poésies fugitives*,
1776, in-8.

Très belles épreuves avec marges.

BEAUMARCHAIS

14 — Suite complète de 5 figures de Malapeau et Roi,
pour le *Mariage de Figaro*, in–8.

Très belles épreuves avec marges non ébarbées. — Plus
une pièce de la suite de Liénard et Lingée avant la lettre.

BÉRANGER (J.-P. de)

15 — Suite complète de 40 lithographies d'Henri
Monnier, pour les *Chansons anciennes*, édition
de 1828, in–8.

Belles épreuves du 1ᵉʳ tirage, coloriées.

16 — Suite des 104 figures à claire voie par divers
artistes, pour l'edition de 1829. — Suite des
120 figures de Grandville, in-8.

Belles épreuves, toute marge.

17 — Suite complète de 52 gravures et un portrait
d'après Charlet, de Lemud, Johannot et autres,
publiées par Perrotin, 1847. — *Dernières chansons* illustrées de 14 gravures sur acier d'après
de Lemud, 1860. — *Ma Biographie*, illustrée

d'un portrait en pied, d'une photographie et de 8 gravures d'après Daubigny et autres, in-8.

Très belles épreuves avant la lettre sur Chine, marges in-4.

18 — Suite complète de 14 gravures de Lemud, pour les *Dernières Chansons*. — Suite complète de 10 gravures, pour *Ma Biographie*.

Épreuves d'artiste sur Chine, tirées in-folio.

19 — Portrait de Béranger d'après Sandoz, pour l'édition de 1847, in-8.

Très belle épreuve avant la lettre sur Chine, avec un filet ovale autour, marges in-4°.

BERNARD (P.-J.)

20 — Suite complète de 4 figures de Prudhon, pour l'*Art d'aimer*, édition de 1797, in-4.

Très belles épreuves avant la lettre dont 2 à toute marge. — Plus une double.

BERNARDIN DE SAINT-PIERRE

21 — Suite complète des 4 figures de Moreau et J. Vernet, pour *Paul et Virginie*, édition originale de 1789, in-18.

Très belles épreuves avant la lettre, grandes marges. Excessivement rares en cet état.

« Cette suite provient de la vente Téchener en 1886, où elle a été adjugée à 1.110 francs. »

BERNARDIN DE SAINT-PIERRE

22 — Suite complète des 4 figures de Moreau et J. Vernet, pour *Paul et Virginie*, agrandies pour l'édition de 1792, in-8.

Très belles épreuves avant la lettre, marges in-folio.

23 — Suite complète de 12 gravures en médaillons par Guyot, d'après Dutailly, pour *Paul et Virginie*, in-8.

Très belles épreuves imprimées en couleur à deux sur la feuille, grandes marges.

24 — Suite de 2 gravures de Guyot, d'après Dutailly, pour *Paul et Virginie*, comédie jouée en 1791, in-8.

2 suites de deux pièces rondes de grandeurs différentes, en couleur.

25 — Suite complète de 4 gravures de Schall, gravées par De Gouy, pour *Paul et Virginie*, ovales in-8.

Très belles épreuves toutes marges. — Plus une pièce imprimée en couleur.

26 — Suite de 6 gravures de Carpentier, pour *Paul et Virginie*, publiées chez Basset, in-4.

Belles épreuves en couleur, toutes marges.

27 — Figures de Moreau, Prudhon, Gérard et autres,
  pour *Paul et Virginie*, édition Didot, 1806,
  in-4.

> 8 pièces à l'eau-forte pure et épreuves d'essai, et 4 avant
> la lettre. — Plus le portrait par Ribault en trois états :
> Eau-forte pure, avant la lettre et avant la sphère, et avec
> la lettre.

28 — Suite complète de 4 figures de Moreau et Desenne, pour *Paul et Virginie*, édition Déterville,
  1816, in-18.

> Très belles épreuves avant la lettre remontées in-4 —
> Plus 2 eaux-fortes pures.

29 — Suite complète de 10 figures de Corboult et
  1 portrait, pour les *Œuvres*, édition Lequien
  1830, in-8.

> Très belles épreuves en deux états : Eaux-fortes pures
> sur blanc et avant la lettre sur Chine, toutes marges. Plus
> une figure inédite. Cette suite tirée à petit nombre est
> rare.

BERQUIN

30 — Vignettes d'après Marillier, pour les *Idylles*,
  in-12.

> 1 frontispice et 16 figures du 1er état avant les nos, dont
> plusieurs à toute marge.

31 — Suite complète de 1 frontispice et 6 figures de
  Marillier, pour les *Romances*, in-12.

> Épreuves du 1er état avant les nos.

BERQUIN

32 — En-tête d'après Moreau, pour *Pygmalion*, in-8.

    Très belle épreuve tirée hors texte. — Plus 2 figures de Lebarbier, pour les *Idylles* de Bion et Moschus, dont une à l'eau-forte pure et l'autre avant la lettre.

33 — Vignettes diverses, pour ses *Œuvres*, in-12.

    1 Eau-forte pure et 18 pièces avant la lettre.

BILLARDON DE SAUVIGNY

34 — Frontispice gravé par Moreau, le jeune, d'après Greuze, pour *La Rose*, ou la fête de Salency, in-8.

    Épreuve à l'eau-forte avancée. Très rare.

BITAUBÉ

35 — Vignettes d'après Monnet, pour *Joseph*, in-4.

    4 pièces à l'eau-forte pure avec les cadres, grandes marges, 3 avant la lettre avec les cadres, toute marge, et 4 avec le cadre supprimé.

36 — Suite complète de 9 figures de Marillier, pour *Joseph*, in-12.

    Épreuves avant la lettre en partie sur Chine et avec la lettre. — Plus 3 eaux-fortes.

37 — Suite complète d'une vignette-frontispice et un fleuron de titre de Moreau, le jeune, pour *Guillaume de Nassau*, poëme, 1775, in-8.

> Le frontispice en deux états, avant toute lettre et à l'eau-forte pure et le fleuron en tirage à part, avec marges.

BLIN DE SAINMORE

38 — Vignette d'Eisen, pour Lettre de *Gabrielle d'Estrées à Henri IV*. Paris Séb. Jorry, 1766, in-8.

> 2 épreuves avant la lettre dont une non terminée, toute marge. — Plus un cul-de-lampe de Choffard hors texte pour *Lettre de Sapho à Phaon*, 1767.

BOCCACE

39 — Suite complète de 20 estampes galantes de Gravelot, pour le *Décaméron*, édition de Londres 1757, in-8.

> Très belles épreuves, grandes marges.

40 — La même suite complète ; 1re reproduction avec les figures retournées, in-8.

> Épreuves à grandes marges en 1 vol. demi-rel. maroq. brun, tr. dorée.

41 — Figures par Gravelot, pour *Il Decamerone*, édition de Londres (Paris) 1757, in-8.

> 11 pièces à l'eau-forte pure. — Plus 6 frontispices, dont 2 avant la lettre.

BOCCACE

42 — Culs-de-lampe par Gravelot, pour le même
ouvrage.

> 70 pièces, très belles épreuves tirées hors texte, beaucoup
> sont à toutes marges, les autres rognées ou remargées.

43 — Suite complète de 8 figures de Marillier, pour
les *Nouvelles*, édition Duprat, 1802, in-8.

> Très belles épreuves du 2ᵉ tirage sur Chine, marge in-4.
> — Plus une pièce à l'eau-forte pure.

BOILEAU

44 — Explication des vignettes de la seconde édition
des œuvres de Boileau, in-folio, gravées pour
la seconde fois avec divers changements et
plusieurs nouveaux dessins par Bernard
Picart, 1729, in-4.

> Suite complète de 25 en-têtes et culs-de-lampe en tirage
> hors-texte, toute marge.

45 — Dessins et explications de toutes les vignettes
et culs-de-lampe qui se trouvent dans les
ouvrages de Nicolas Boileau-Despréaux, gravés et publiés à diverses fois par Bernard
Picart, copiés par David Herliberger. A
Zurich, 1743, in-4, obl.

> 1 album cartonné contenant 95 planches.

46 — Suite complète de 6 figures de Cochin, pour les *Œuvres*, édition Coignard, 1747, in-8.

> Très rares épreuves à l'état d'eau-forte pure, remargées. Collection Sieurin.

47 — La même suite.

> Très belles épreuves avant la lettre, marges.

48 — Suite complète de 8 figures de Monsiau et un portrait, pour les *Œuvres*, édition Crapelet 1798, in-4.

> Très belles épreuves avant la lettre. — Plus une suite incomplète avec la lettre.

49 — Suite complète de 9 figures de Fortin, gravées par Girardet, pour les *Œuvres*, édition dite du Louvre, in-fol.

> Très belles épreuves avant la lettre tirées hors texte, marges in-folio.

50 — La même suite complète.

> Épreuves avant la lettre tirées hors texte, marges in-4. — Plus 16 pièces à l'eau-forte pure et épreuves d'essai.

51 — Suite complète de 13 figures d'après Vernet, Hersent, Bergeret et autres, dont 3 portraits, pour les *Œuvres*, édition de Saint-Surin, in-8.

> Très belles épreuves en deux états, avant et avec la lettre. — Plus 11 pièces à l'eau-forte pure. Rares.

BOILEAU

52. — Suite complète de 20 figures de Foulquier et un portrait, pour les *Œuvres*, édition Mame.

> Belles épreuves tirées hors texte sur Chine volant. — Plus une suite complète de 7 figures de Hillemacher, pour le *Lutrin*, avant la lettre sur Chine volant.

53. — Suite de 6 figures de Bernard Picart et un frontispice, pour le *Lutrin*, édition d'Amsterdam, 1772, in-8.

> Belles épreuves, toutes marges. — Plus 16 culs-de-lampe du même, pour l'édition de La Haye, 1722, en tirage hors texte, toutes marges.

54 — Suite complète de 7 figures de Bernard Picart avec entourages, pour le *Lutrin*, in-folio.

> Belles épreuves, toutes marges. — Plus un frontispice allégorique et un portrait du graveur.

55 — Suite complète de 6 figures de Moreau et un portrait, pour le *Lutrin*, édition Renouard, in-8.

> Très belles épreuves avant la lettre, marges in-4. — Plus une suite complète avec la lettre, marges in-8.

56 — Suite complète de 6 figures de Desenne, pour le *Lutrin*, édition de Lefevre, in-8.

> Très belles épreuves en trois états : Eau-forte pure, avant la lettre sur blanc et avec la lettre sur Chine.

57 — La même suite.

> Epreuves en deux états : avant la lettre sur Chine et avec la lettre.

BOISARD

58 — Suite complète de 9 figures de Monnet pour les *Fables*, 2ᵉ édition, 1777, in-8.

Belles épreuves avant les nᵒˢ, toutes marges.

BOSSUET

59 — Suite complète des 9 vignettes, fleurons et lettres ornées gravées par A. Didier d'après Lechevallier-Chevignard, pour l'*Oraison funèbre du Grand Condé*, publiée par Morgand et Fatout en 1879, in-fol.

Exemplaire unique composé de 15 pièces en différents états et tirages hors texte.

BOUFFLERS (Le Chevalier de)

60 — Suite complète des 15 figures dessinées par Lynch et gravées par Gaujean, pour *Aline, reine de Golconde*, publié par la Société des Amis des Livres en 1888, in-8.

Très belles épreuves avant la lettre en tirage hors texte sur papier du Japon (moins la planche 7 qui est non terminée et sur papier blanc); plus 3 eaux-fortes pures. Extrêmement rares.

« Le seul exemplaire complet des 15 figures à l'eau-forte pure, en tirage hors texte sur papier du Japon, fait partie de la Bibliothèque de feu M. Piet. Il se trouve dans le livre accompagné de la suite complète avant la lettre en tirage hors texte sur papier du Japon, dont il n'a été tiré que trois exemplaires. »

BOUFFLERS (Le Chevalier de)

61 — Vignettes d'après Marillier et autres, pour les *Œuvres*, in-8 et in-12.

> 8 pièces dont 7 avant la lettre.

62 — Suite de 6 figures de Poirson gravées par Mongin et un portrait par Lalauze, pour les *Œuvres*, in-8.

> Épreuves en deux états : Eau-forte pure et avant la lettre.

CAMOËNS

63 — Suite complète de 1 portrait en pied de l'auteur et de 10 figures d'après Gérard, et 2 autres portraits en buste de Camoëns et de M. de Souza, pour les *Lusiades*, imprimée par F. Didot, 1817, in-4.

> Très belles épreuves avant la lettre sur Chine, marges in-folio. — Plus 7 eaux-fortes pures et 3 épreuves d'essai. « Cette édition n'a pas été mise dans le commerce ».

CAZOTTE

64 — Suite complète de 12 figures de Lefèvre gravées par Godefroy, pour *Ollivier*, édition Didot, 1798, in-18.

> Très rares épreuves à l'eau-forte pure, marges in-8.

65 — La même suite complète.

> Très belles épreuves avant la lettre, marges in-8.

66 — La même suite.

> Belles épreuves coloriées.

CERVANTES

67 — Suite complète des 31 figures d'après Coypel, Picart le Romain, Boucher et autres, pour *Don Quichotte*, édition de La Haye, 1746, in-4.

> Très belles épreuves du 1ᵉʳ état avant les numéros, toutes marges.

68 — La même suite complète.

> Très belles épreuves du 1ᵉʳ état coloriées, toutes marges.

69 — La même suite complète.

> Belles épreuves avec les nᵒˢ, toutes marges.

70 — Figures gravées en couleur d'après J. Castillo et autres, pour *Don Quichotte*, in-4

> Très belles épreuves sans texte, toutes marges.

71 — Suite complète de 31 figures non signées, pour *Don Quichotte*, publiée à Madrid, 1798, in-18.

> Belles épreuves, toutes marges.

CERVANTES

72 — Suite complète des 24 figures de Lefebvre et
Lebarbier, pour *Don Quichotte*, traduction de
Florian, édition Déterville, 1799, in-8.

> Très belles épreuves avant la lettre, les vignettes impri-
> mées à deux sur la feuille, toutes marges. — Plus une
> suite avec la lettre, avec des cadres.

73 — Suite complète de 31 en-têtes, par Alcantara et
Paret, pour *Don Quichotte*, in-18.

> Belles épreuves d'une jolie suite, remontées in-12.

74 — Suite complète des 13 figures de Villerey, pour
Don Quichotte, gravées pour une édition
espagnole, in-8.

> Belles épreuves avant la lettre.

75 — Suite complète des 12 figures d'après Horace
Vernet et Eugène Lami, pour *Don Quichotte*,
édition Méquignon-Marvis, 1822, in-8.

> Très belles épreuves en trois états : Eau-forte pure,
> avant la lettre et avec la lettre, marges inégales.

76 — Suite complète de 5 figures de Devéria et un
portrait, pour *Don Quichotte*, édition Delong-
champs, 1825, in-8.

> Épreuves en deux états : Eau-forte pure et avant la
> lettre sur Chine.

77 — Suite des 16 figures de Smirke et Westall, pour *Don Quichotte*, in-12.

> Très belles épreuves avant la lettre sur Chine, remontées sur papier blanc in-4.

78 — Suite complète de 6 figures de Desenne, pour les *Pélerins du Nord*, édition Méquignon-Marvis, in-8.

> Très bel exemplaire en trois états : Eau-forte pure et avant la lettre sur Chine et sur blanc.

79 — Suite de 34 figures de Lalauze et un portrait, pour *Don Quichotte*, édition Paterson, in-8.

> Épreuves en deux états : Eau-forte pure et avant la lettre sur Hollande (il manque 2 pièces dans chaque suite pour être complètes).

80 — Suite de 24 eaux-fortes dessinées et gravées par Los Rios, pour *Don Quichotte*, *Gusman d'Alfarache* et *Lazarille de Tormes*, publiée par P. Rouquette, 1880, in-8.

> Épreuves avant la lettre sur grand Japon ; dans un carton.

CHODERLOS DE LACLOS

81 — Vignettes de Monnet et Mlle Gérard, pour les *Liaisons dangereuses*, 1796, in-8.

> 2 figures à l'eau-forte pure et 5 avant la lettre dont une double. — Plus une figure de Lebarbier, in-18, à l'eau-forte pure.

COLARDEAU

82 — En-tête par Eisen, pour *Lettre amoureuse d'Héloise à Abailard*, d'après Pope, édition Vve
Duchesne, 1766, in-8.

> Épreuve avant la lettre tirée hors texte et un frontispice,
> remargés. — Plus 2 en-têtes de Moreau à l'eau-forte pure
> et avec la lettre.

83 — Suite complète des 7 figures de Monnet, pour le
Temple de Gnide, 1773, in-8.

> Épreuves avec la lettre. — Plus la vignette du Chant II
> avant la lettre et le frontispice en plusieurs états. — On y
> a joint 2 vignettes d'après Monnet par *Caliste*, tragédie et
> le livre de *Mathieu*, avant la lettre, grandes marges.

84 — Une vignette de Gravelot, pour la *Partie de
Chasse de Henri IV*, pour une édition qui n'a
pas été publiée, in-4.

> 3 épreuves avant la lettre.

CORNEILLE (P.)

85 — Suite complète des 34 figures de Gravelot et un
frontispice, pour le *Théâtre*, publiée à Genève,
1764.

> Très belles épreuves du 1er tirage. — Plus une vignette:
> *Ce n'est qu'avec le jour....* à l'eau-forte pure et un frontis-
> pice de Watelet avant toute lettre.

86 — La même suite complète.

> Très belles épreuves avec des cadres, toutes marges,
> in-4.

87 — Autre suite des 34 vignettes d'après Gravelot, figures retournées, publiée à Berlin.

    Très belles épreuves, toutes marges.

88 — Suite des 24 figures de Moreau et Prudhon et 2 portraits, pour les *Œuvres*, édition Renouard, 1817, in-8.

    Très belles épreuves avant la lettre, marges in-4 (les portraits sont avec la lettre).

89 — Suite complète des 25 vignettes de Foulquier et un portrait, pour le *Théâtre choisi*, édition Mame, in-4.

    Très belles épreuves d'artiste tirées hors texte sur papier du Japon (n° 1).

90 — La même suite.

    Épreuves d'artiste tirées hors texte sur Chine volant.

CRÉBILLON

91 — Suite complète de 9 figures de Marillier, pour les *Œuvres*, édition de 1785, in-8.

    Très belles épreuves avant la lettre, dont plusieurs avec les noms d'artistes à la pointe, marges.

92 — Suite complète de 9 figures de Monnet, pour les *Œuvres*, in-12.

    Épreuves en deux états : Avant la lettre et avec la lettre, toutes marges.

CRÉBILLON

93 — Suite complète des 9 figures de Moreau, pour les *Œuvres*, édition Renouard, in-8.

> Très belles épreuves avant la lettre, grandes marges.— Plus une suite avec la lettre.

94 — Suite complète de 9 figures et un frontispice de Peyron, pour les *Œuvres*, imprimées chez Didot Jeune, en 1797, in-8.

> Très bel exemplaire en deux états : Eau-forte pure et avant la lettre, grandes marges.

DELAULNAYE (Stanislas)

95 — Figures d'après Moreau, pour l'*Histoire générale et particulière des religions*, 1791, in-4.

> 25 pièces, dont 5 à l'eau-forte pure et 11 avant la lettre le frontispice a été regravé avec beaucoup de changements).

DELILLE (J.)

96 — Suite complète de 2 figures de Moreau, pour *Les trois règnes de la Nature*, édition Giguet, 1808, in-4.

> Très belles épreuves avant la lettre, toutes marges. — Plus une figure unique de Lebarbier, pour *De l'imagination*, in-4; en trois états : Eau-forte pure, avant et avec la lettre, toutes marges.

DELISLE DE SALLES

97 — Suite complète des 13 figures de Marillier et Monnet, pour *De la Philosophie de la Nature*, 1777, in-8.

> Épreuves avec la lettre, petites marges. — Plus 2 pièces à l'eau-forte pure et 3 avant la lettre.

DEMOUSTIER

98 — Suite complète des 36 figures de Moreau, pour les *Lettres à Émilie sur la Mythologie*, édition Renouard, 1800, in-8.

> Très belles épreuves avant la lettre, marges de deux grandeurs, in-4 et in-8. — Plus 4 eaux-fortes pures.

DESFONTAINES

99 — Suite complète de 1 titre et 3 figures de Marillier, pour *Les Bains de Diane*. Paris, Coustard, 1770, in-8.

> Le titre *avant la lettre* avec marges, et les 3 vignettes avec petites marges et remarquées à jour.

DESHOULIÈRES (Mme)

100 — Suite complète des 3 figures de Marillier et 1 portrait par Rochard, pour *Œuvres choisies*, édition Didot, 1795, in-18.

> Très belles épreuves avant la lettre, toutes marges. —

Plus la suite complète des 4 figures de Catel avant la lettre, toutes marges, et les 6 figures de Lefuel imprimées sur la même feuille.

DÉSORMEAUX

101 — Collection de vignettes, fleurons, en-têtes, culs-de-lampe et portraits, pour l'*Histoire de la Maison de Bourbon*, par Boucher, Saint-Aubin, Choffard et Moreau. Imprimerie royale, 1779-88, in-4.

Très bel exemplaire contenant 76 pièces et composé comme suit :

Frontispice de Boucher avant le nom de Louis XV.

En-tête *Au roi*, avant la lettre, tirage hors texte, remargé.

4 fleurons de titres par Choffard, tirés hors texte, grandes marges.

Suite complète des 14 portraits avec de grandes marges, plus 2 doubles en état différent.

9 vignettes de Moreau à l'eau-forte pure, petites marges.

27 vignettes avant la lettre et tirées hors texte, la majeure partie à toutes marges.

Et 21 culs-de-lampe de Choffard, tirés hors texte, la plupart avec de grandes marges.

DESTOUCHES

102 — Suite des 11 figures de Lafitte et un portrait, pour les *Œuvres*, in-8.

Epreuves avec la lettre (manque deux pièces), plus 5 pièces avant la lettre dont une avec des croquis, grandes marges. — On y a joint la suite complète des 12 figures de Duvivier, dont un portrait, publiée dans la *Bibliothèque française*, en deux états : Eau-forte pure et avant la lettre, toutes marges.

DIDEROT

103 — Suite complète des 4 figures de Lebarbier et un portrait, pour la *Religieuse*, 1799, in-8.

Très belles épreuves avant la lettre, toutes marges.

DIONIS DU SÉJOUR

104 — Suite complète des 5 figures de Cochin et un frontispice, pour *l'Origine des Grâces*, 1777, in-8.

Épreuves avec la lettre, petites marges. — Plus la vignette du Chant II à l'eau-forte pure et celle des Chants I, IV et V avant la lettre, plus une double.

DORAT

105 — En-têtes et culs-de-lampe d'Eisen et Marillier, pour les *Baisers*, 1770, in-8, savoir :

En-tête du 3e baiser. — Cul-de-lampe de l'hymne au baiser. — Cul-de-lampe du 10e baiser. — Cul-de-lampe du 14e baiser. — Cul-de-lampe du 15e baiser. — En-tête du 16e baiser. — Cul-de-lampe du 20e baiser.

Ensemble, 7 pièces avant la lettre, tirées hors texte, dont plusieurs avec grandes marges.

106 — En-têtes de pages et culs-de-lampe, pour *Les Fables nouvelles*, publiées chez Delalain, 1773, in-8.

70 en-têtes et 75 culs-de-lampe avant la lettre, tirés hors texte (plus une eau-forte pure ajoutée), reliés en

2 volumes, veau vert à filets, tranche dorée, de format in-18.

« Ces 2 volumes ont appartenu à Catherine Butt, dont le nom se trouve sur une garde. »

107 — 10 en-têtes et 6 culs-de-lampe, pour le même ouvrage.

Très belles épreuves avant la lettre tirées hors texte, grandes marges.

108 — Suite complète de 4 figures d'Eisen et 1 portrait, pour la *Déclamation théâtrale*. — Suite complète de 3 figures de Marillier et 1 frontispice, pour *Les Prôneurs*. — Suite complète de 2 figures de Marillier, pour *Les Sacrifices de l'amour*. — Suite complète de 2 figures de Quéverdo, pour *Les Malheurs de l'inconstance*, in-8.

Belles épreuves, petites marges.

109 — Une vignette d'Eisen, pour *Irza et Marsis*, poème publié chez Delalain, 1769, in-8.

Épreuves en deux états : Eau-forte pure et avant la lettre, marges.

110 — Frontispice d'après Eisen, pour *Mes Fantaisies* — Frontispice de Marillier, pour les *Prôneurs*, in-8.

2 pièces avant la lettre. Rares. — Plus un en-tête d'après Eisen, pour les *Tourterelles de Zelmis*, à l'eau-forte pure.

DUCLOS

111 — Suite complète des 10 figures de Boucher, pour *Acajou et Zirphile*, in-4.

> Très belles épreuves avant la lettre, toutes marges. — Plus une suite in-18.

DUFLOS (l'Abbé)

112 — Suite complète de 6 figures de Marillier et un titre, pour *l'Education d'Henri IV*, 1790, in-8.

> Epreuves avec la lettre, toutes marges. — Plus 2 pièces avant la lettre et 6 en épreuves d'essai ou à l'eau-forte pure.

DUMAS (Alexandre)

113 — Frontispice de Lynch, gravé par Gaujean, pour *La Dame aux Camélias*, in-4.

> Collection *unique* des 14 états successifs du tirage en noir et en couleur imprimés par l'artiste lui-même sur papier du Japon avec une épreuve en couleur sur Hollande terminée. — Plus les 5 états successifs du cul-de-lampe gravé pour cette même édition.

ERASME

114 — Figures d'Eisen, pour *l'Eloge de la folie*, traduction Gueudevelle, 1751, in-12.

> 1 En-tête et une vignette à l'eau-forte pure et 13 figures sans légende, la plupart en grand papier et 6 avec la lettre.

FAVART

115 — Suite complète des 6 figures de Thérèse Martinet, pour *Isabelle et Gertrude*, comédie, 1765, in-8.

    Belles épreuves, toutes marges.

116 — Suite complète des 3 figures d'après Eisen et Borel, pour les *Moissonneurs*, comédie publiée chez la Vve Duchesne, 1768, in-8.

    Très belles épreuves avant la lettre. — Plus les 4 figures de Martinet pour la même comédie en très belles épreuves à toutes marges, in-4.

117 — En-tête de Moreau le jeune, gravé par Guyot, pour *Mahomet II ou les trois sultanes*, in-8 en travers.

    Épreuve en deux états : Eau-forte pure à toutes marges et avant la lettre, tirées hors texte. Très rares.

FAVART (Mme)

118 — Suite complète de 6 figures d'après Quéverdo, pour *Annette et Lubin*, comédie publiée par Duchesne, 1762, in-8.

    Très belles épreuves à toutes marges (moins une pièce qui est rognée). — Plus 5 pièces coloriées, toutes marges.

FAVRE (de)

119 — Un cul-de-lampe d'après Le Clerc, gravé par

Patas, pour les *Quatre heures de la toilette des dames*, 1779, in-8.

Épreuve en deux états : Eau-forte pure et avant la lettre, tirés hors texte.

FÉNELON

120 — Suite complète de 24 figures, 1 fleuron de titre et un frontispice de Bernard Picart et autres, pour les *Aventures de Télémaque*, publiée à Amsterdam, 1734, in-4.

Très belles épreuves du 1ᵉʳ tirage.

121 — Suite complète de 6 figures de Cochin et un frontispice, pour les six premiers livres de *Télémaque*, publiés chez Drouet, 1781, in-8.

Très belles épreuves avant la lettre, à grandes marges ; deux sont plus courtes. — Plus 3 pièces d'état différent.

122 — La même suite complète.

Très belles épreuves, marges in-4 (le frontispice est in-8).

123 — Fleuron du titre, en-têtes et cul-de-lampe, par Eisen, Moreau et Lebarbier, pour le même ouvrage.

Suite complète du fleuron de titre et des 6 en-têtes avant la lettre tirées hors texte. — Plus 3 en-têtes à l'eau-forte pure, et 2 culs-de-lampe tirés hors texte et 1 à l'eau-forte pure.

FÉNELON

124 — Figures des Chants IV et VII des *Aventures de
Télémaque*, gravées par Mme Lingée d'après
Cochin, in–4.

> 3 pièces dont une double. Ces 2 figures sont très rares;
> elles avaient été gravées pour l'édition Drouet, et n'ont
> pas été publiées, le format ayant été réduit in-8.

125 — Figures de Cochin, gravées par J.-B. Lucien,
pour les *Aventures de Télémaque*, in-4.

> 3 pièces à la sanguine avant la lettre, 4 avec la lettre et
> 3 imprimées en couleur.

126 — Suite complète des 36 figures de Monnet gravées par Tilliard et 12 têtes de chapitres, pour
le tome II des *Aventures de Télémaque*, 1785,
in-4.

> Très belles épreuves avant la lettre, toutes marges. —
> Plus 6 têtes de chapitre et 18 figures également avant la
> lettre formant les Livres V à X du tome 1er; en livraisons.

127 — Figures de la même suite.

> 7 pièces à l'eau-forte pure et 2 avant la lettre.

128 — Suite complète de 22 figures et un frontispice
par Boucher, Cochin, Monnet, Borel, Boizot,
pour *Télémaque*, en travers, in-4.

> Très belles épreuves avant la lettre ou avant toutes
> lettres, à toutes marges (sauf une). — Plus une pièce à
> l'eau-forte pure.

129 — Figures de la même suite.

15 pièces, très belles épreuves avec la lettre — Plus 2 frontispices.

130 — Figures de la même suite.

10 pièces gouachées. Rares.

131 — Suite complète des 25 figures de Moreau, pour *Les Aventures de Télémaque*, édition Didot, 1790, grand in-8.

Épreuves à l'eau-forte pure tirées sur papier rose toutes marges. Tirées à très petit nombre sur ce papier.

132 — La même suite complète.

Épreuves avant la lettre sur papier rose, toutes marges moins le chant IX qui est sur papier blanc.

133 — La même suite complète.

Exemplaire avant la lettre sur papier jonquille, toutes marges. — Plus un portrait.

134 — La même suite.

Très belles épreuves avant la lettre sur papier blanc fort, toutes marges. — Plus une pièce avant les noms d'artistes.

135 — Suite complète des 24 figures de Marillier et d'un portrait d'après Vivien, pour *Télémaque*, édition Crapelet, an IV (1796), in-8.

Très belles épreuves avant la lettre, toutes marges.

FÉNELON

136 — La même suite complète.

> Épreuves avant la lettre sur papier bleu, marges in-4.

137 — La même suite complète.

> Épreuves avec la lettre du 1er tirage, toutes marges.

138 — Suite complète des 24 figures de Lefebvre, pour *Les Aventures de Télémaque*, édition Didot l'aîné, 1796, in-18.

> Très belles épreuves, toutes marges. Rares.

139 — La même suite complète.

> Très belles épreuves avant la lettre, marges in-8. — Avec le portrait par Delvaux, avant la lettre.

140 — La même suite complète.

> Très belles épreuves avec la lettre, marges in-8. — Avec le portrait.

141 — Suite complète de 24 figures et un frontispice gravés par Pariset d'après Moitte, pour *Télémaque*, in-4.

> Épreuves en trois états : eau-forte pure au trait; terminé à l'aquatinte, avant la lettre et contre-épreuves ou épreuves retournées, toutes marges.

142 — Suite complète des 13 vignettes en-têtes de page

et un frontispice, pour les *Aventures de Télémaque*, édition Mame, in-8.

> Epreuves avant la lettre, tirées hors texte sur Chine
> volant.

FENOUILLOT DE FALBAIRE

143 — Suite complète des 5 figures de Gravelot, pour
Le Fabricant de Londres, pièce publiée chez
Delalain, 1771, in-8.

> Très belles épreuves, grandes marges ; avec une eau-
> forte pure. — Plus une pièce unique aussi de Gravelot,
> pour le *Premier Navigateur*, avant la lettre.

FEYDEAU (Ernest)

144 — Suite complète de 10 figures de Chauvet et un
frontispice, pour *Souvenirs d'une Cocodette*,
in-8.

> Epreuves du 1er état sur Chine volant. Tirée à deux
> exemplaires : avec l'attestation du graveur. — Plus
> 2 suites terminées avant la lettre, en noir, sur Japon et
> en bistre sur Chine volant.

FIELDING

145 — Suite complète de 12 figures de Moreau, pour
Tom Jones, ou Histoire d'un Enfant trouvé,
édition Didot, 1833, in-8.

> Epreuves avant la lettre, extraites d'un volume relié. —
> Plus une suite coloriée, toutes marges.

FLAUBERT Gustave)

146 — Suite complète de 4 figures et un portrait dessinés et gravés par Paul Avril, pour *Salambo*,
tirée à petit nombre pour les Membres de la
Société des Amis des Livres, in-8.

> Très belles épreuves avant la lettre sur Japon, marges
> in-4.

FLORIAN

147 — Suite complète de 10 figures en-têtes de pages,
d'après Moreau et un portrait, pour les *Fables*,
édition P. Rouquette, 1882, in-18.

> Epreuves en deux états : eau-forte pure et avant la lettre
> sur papier de Hollande.

FOÉ (Daniel de)

148 — Suite complète de 18 figures de Stothard et
Duvivier, et 3 titres, pour *Robinson Crusoé*,
édition Verdière, in-8.

> Très belles épreuves, toutes marges. — Plus 12 pièces et
> un portrait avant la lettre, grand papier.

FROMAGEOT

149 — Un portrait de Joseph II, en-tête de page et
une vignette : Marie-Antoinette tenant le Dau-
phin, par Moreau le jeune, pour les *Annales*

du *Règne de Marie-Thérèse*. Paris, Prault,
1775, in-8.

> Le portrait est avant la lettre, tiré hors texte, et la
> vignette avant ce n°, toutes marges.

150 — Vignettes pour le même ouvrage.

> Suite complète des 4 figures, toutes marges. — Plus le
> portrait de Marie-Antoinette avec le texte gravé.

GARNIER

151 — Figures de l'*Histoire de France,* par Moreau
le jeune et Lépicié, in-4.

> Suite de 164 planches avant la lettre, toutes marges
> (manquent les planches, n°° 1 et 140 et 2 cartes, n°° 39 et
> 95; 18 pièces sont avec la lettre et 3 sont imprimées avec
> un cache).

152 — Figures de la même suite.

> 1 vol. demi-rel., contenant 108 planches.

GESSNER

153 — Figures de Lebarbier, pour les *Œuvres*, 1779,
in-4.

> 50 pièces avant les n°°, toutes marges. — Plus 12 pièces
> à l'eau-forte pure et un en-tête hors texte.

154 — Suite complète des 48 figures de Moreau et de
3 portraits, pour les *Œuvres*, édition Renouard, an VII (1799, in-8).

> Très belles épreuves avant la lettre sur papier in-folio
> à toutes marges.

GESSNER

155 — La même suite complète.

> Très belles épreuves avant la lettre, avec marges grand in-8. Provenant de la Vente Sieurin.

156 — La même suite.

> Très belles épreuves avant les numéros, marges in-4.

GÉRARD (l'Abbé)

157 — Suite complète des 6 figures de Moreau, pour *Le Comte de Valmont*, édition Bossange, 1807, in-8.

> Très belles épreuves en deux états : avant et avec la lettre, toutes marges.

GOËTHE

158 — Suite complète de 4 figures de Berthoud, gravées par Duplessis-Bertaux, pour *Werther*, traduction d'Aubry, 1797, in-18.

> Très belles épreuves avant la lettre, toutes marges. — Plus une pièce double en état différent.

159 — Suite complète des 3 figures de Moreau, pour *Les Souffrances du jeune Werther*, traduction du Comte de la Bédoyère, 1809, in-8.

> Très belles épreuves avant la lettre, grandes marges.

160 — Suite complète des 4 figures de Tony Johannot,
pour *Werther*, 2ᵉ édition, publiée par Crapelet, 1845, in-8.

> Épreuves en trois états : eau-forte pure et avant la
> lettre, sur Chine et sur blanc, grandes marges.

161 — Suite complète de 26 lithographies par Muret,
pour *Faust*, in-4.

> 1 Album demi-rel., non-rogné.

GRAFFIGNY (Mᵐᵉ de)

162 — Suite complète des 8 figures de Lefebvre, pour
les *Lettres d'une Péruvienne*, édition Didot
l'aîné, 1797, in-18.

> Épreuves à l'eau forte pure, toutes marges.

163 — La même suite complète.

> Très belles épreuves avant la lettre, toutes marges. —
> Plus le portrait de Mᵐᵉ de Graffigny par R. De Launay,
> également avant la lettre à toutes marges.

164 — Figures de Lebarbier, pour les *Lettres d'une
Péruvienne*, 1797, in-8.

> 4 pièces avant la lettre et 3 à l'eau-forte pure.

GRESSET

165 — Suite complète de 5 figures de Moreau, pour
les *Œuvres choisies*, édition Saugrain 1794,
in-18.

> Épreuves en deux états : avant la lettre, petites marges,
> et avec la lettre, toutes marges.

GRESSET

166 — Vignette unique de Moreau, pour *le Méchant,*
édition Saugrain, an II (1794), in-18.

> Epreuve en deux états ; eau-forte pure et avant la lettre.
> Très rare.

167 — Suite de 7 figures de Monnet, pour les *Œuvres,*
édition Volland, 1794, in-4.

> 3 eaux-fortes pures, 8 pièces avant la lettre et épreuves
> d'essai et 5 avec la lettre.

168 — Suite complète de 8 figures de Moreau et un
portrait par Saint-Aubin, pour les *Œuvres,*
édition Renouard, 1811, in-8.

> Très belles épreuves avant la lettre, marges in-4.

169 — La même suite complète.

> Très belles épreuves avant la lettre, grandes marges,
> avec le portrait en 1er état. La planche 7 est salie et plus
> courte.

HAMILTON

170 — Suite complète des 4 figures de Moreau et 10
portraits par Saint-Aubin et Roger, pour les
Œuvres, édition Renouard, 1812, in-8.

> Très belles épreuves du 1er état avant la lettre, toutes
> marges (les portraits sont avec la lettre grise). — Plus
> 3 doubles avec la lettre.

HÉNAULT (le Président)

171 — Suite complète des 24 Estampes allégoriques
de l'Histoire de France, gravées d'après les
dessins de M. Cochin, avec un portrait par
Gaucher, 1768, in-8.

> Très belles épreuves, toutes marges.
> « La collection complète des dessins de Cochin, de
> plus grand format, qui appartenaient à feu M. Piet, feront
> partie d'une vente postérieure. »

172 — Estampes allégoriques des évènements les
plus connus de l'Histoire de France, gravées
d'après les dessins de M. Cochin, 1768, in-8.

> Un album en maroquin bleu à grain aux Armes de
> France, dentelles sur les plats, contenant 30 planches et
> 2 portraits dont celui gravé par Gaucher.

173 — La même suite complète.

> Très belles épreuves avant les numéros, toutes marges.
> — Plus 3 pièces avant la lettre et une à l'eau-forte pure.

174 — Vignettes et fleurons composés et gravés par
C. N. Cochin, pour la 1ʳᵉ édition in-4 de
l'Abrégé chronologique de l'Histoire de France.
A Paris, chez Prévost, 1780.

> Recueil contenant 41 sujets tirés hors texte. — Plus
> 43 épreuves également hors texte à l'eau-forte pure et
> avant la lettre en états différents.

HÉNAULT (le Président)

175 — Suite de 20 fleurons et culs-de-lampe, dessinés et gravés par Moreau le jeune, pour le même ouvrage.

> Très rares épreuves avant la lettre, tirées hors texte, toutes marges (il manque une pièce pour que la suite soit complète).

HOMÈRE

176 — Suite complète de 3 figures de Cochin, pour l'*Iliade*, édition de 1773, grand in-8.

> Très belles épreuves en trois états : Eau-forte pure, avant la lettre et avec la lettre, grandes marges.

177 — Suite complète de 24 figures de Marillier et un frontispice, pour l'*Iliade*, édition Didot l'aîné, 1786, in-4.

> Très belles épreuves avant la lettre, marges non ébarbées.

HURTADO DE MENDOZA

178 — Suite complète de 40 figures de Ransonnette dont un portrait, pour le *Lazarille de Tormès*, publié par Didot, an IX (1801), in-8.

> Très belles épreuves en trois états : eau-forte pure, avant la lettre et avec la lettre, tirés à deux sur la feuille, toutes marges.

IMBERT

179 — Suite complète de 1 titre dessiné et gravé par Moreau, 4 figures par Moreau et 4 en-têtes par Choffard, pour le *Jugement de Paris*, poème en IV Chants. Amsterdam, 1772, in-8.

> Les figures sont avant la lettre et les en-têtes tirés hors texte et à toutes marges.

180 — Suite complète de 2 figures de Moreau, pour les *Égarements de l'Amour*, publié par Delalain, 1776, in-8.

> Très bel exemplaire en deux états : eau-forte pure et avant la lettre, grandes marges.

JAUFFRET

181 — Suite complète de 4 figures de Monnet, gravées par Huot, pour les *Charmes de l'enfance*, in-12.

> Épreuves avant la lettre tirées à deux sur la feuille, toutes marges. — Plus les 4 compositions différentes gravées par Gaucher et Ingouf, à l'eau-forte pure.

JUVÉNAL

182 — Suite complète de 2 frontispices de Moreau, pour les *Satires*, traduction de Dusaulx, 1796, in-4.

> Exemplaire en deux états : Eau-forte pure et avant la lettre. — Plus 2 pièces avant la lettre en état différent et 1 avec la lettre.

LABORDE (de)

183 — Suite de 100 figures et 4 frontispices de Moreau
le jeune, Lebouteux, Le Barbier et Saint-
Quentin, pour les *Chansons*, in-8.

> Belles épreuves avec marges ; en 4 vol. demi-rel. chagrin
> brun (manque le frontispice du 1er volume).

LABORDE (de), GUETTARD & BÉGUILLET

184 — Suite complète de 10 figures dessinées par
Cochin et gravées par divers, pour la *Des-
cription générale et particulière de la France*,
1780, in-folio.

> Epreuves à l'eau-forte pure avant la bordure, toutes
> marges. — Plus un exemplaire avec la lettre et 2 pièces
> avant la lettre.

LA BRUYÈRE

185 — Suite complète de 17 vignettes en-têtes de
pages et un portrait, pour *Les Caractères*,
édition Mame, in-4.

> Epreuves avant la lettre, tirées hors texte sur Chine
> volant.

LACHAU (l'Abbé de)

186 — Suite complète des en-têtes, culs-de-lampe et
medailles spentriennes, tirés de la *Descrip-*

*tion des principales pierres gravées du cabinet
de S. A. S. Mgr le duc d'Orléans,* publiées en
1780-1784, in-4.

> Suite complète de 56 pièces, tirées hors texte, et 7 fleu-
> rons et en-têtes dont 3 à l'eau-forte pure et le frontispice;
> plus 10 planches ajoutées. En 1 volume demi-rel. veau,
> non rogné.

187 — En-têtes et culs-de-lampe tirés du même
ouvrage.

> Un en-tête tiré hors texte à l'eau-forte pure et avant la
> lettre, 20 culs-lampe hors texte et 11 pierres gravées. —
> Plus le frontispice.

LACRÉTELLE

188 — Suite complète de 16 gravures des principaux
événements de la Révolution, d'après Moreau
et Duplessis-Bertaux, in-12.

> Suite complète en deux états : avant et avec la lettre,
> toutes marges. Plus le frontispice à l'eau-forte pure.

LA FONTAINE

189 — Suite complète de 25 figures de Moreau et un
portrait d'après Rigaud, pour les *Œuvres
complètes,* édition Lefèvre, 1814, in-8.

> Eaux-fortes pures provenant d'un livre dérelié. Tirées à
> 20 exemplaires.

190 — La même suite complète.

> Très belles épreuves avant la lettre, toutes marges,
> grand in-8.

LA FONTAINE

191 — La même suite complète.

> Épreuves avant la lettre sur papier Jonquille. Cette suite paraît n'avoir été tirée qu'à 3 exemplaires sur ce papier.

192 — Suite complète de 12 vignettes de Tony Johannot et un portrait, pour les *Œuvres*, publiées par Furne, in-8.

> Très belles épreuves en trois états : Eau-forte pure (le portrait n'existe pas en cet état) ; avant la lettre sur Chine, grand papier et avec la lettre. Avec les couvertures.

193 — Collection de 72 figures de W. Jury, pour les *Fables*, 1791, in-24.

> Très belle suite avant la lettre, à 12 sur la feuille, toutes marges. — Plus une feuille avec la lettre.

194 — Suite complète de 12 figures de Bergeret, pour les *Fables*, avec un nouveau commentaire par Charles Nodier, publiées par Eymery, 1818, in-8.

> Très belles épreuves en deux états : Eau-forte pure en noir et avant la lettre imprimé en bistre sur Chine, grandes marges.

195 — Suite de 8 médaillons contenant chacun 9 sujets des *Fables*, ronds in-8.

> Ces pièces sont excessivement rares. — Plus 2 fonds de coupes, gravés par le comte de Paroy, représentant aussi des sujets de fables.

196 — Suite complète des 20 figures de Henri Monnier, pour les *Fables*, in-8.

  Très belles épreuves coloriées, toutes marges.

197 — Suite complète de 12 vignettes et un portrait, pour les *Fables*, édition dite des douze peintres, in-8.

  Très belles épreuves d'artiste sur Chine volant, marges in-4.

198 — Suite complète de 1 fleuron et 22 en-têtes de Delierre, pour les *Fables*, vignettes inédites pour l'édition Quantin, 1880, in-4.

  Épreuves en deux états : Eaux-fortes pures, tirées à 4 sur la feuille avant les planches coupées et épreuves avant la lettre tirées à deux sur la feuille, sur papier de Hollande. Rares.

199 — La même suite.

  Épreuves d'artiste, tirées à 50 exemplaires sur papier du Japon, in-4.

200 — Suite complète de 12 figures d'Emile Adan et un portrait pour les *Fables*, édition Jouaust, 1885, in-8.

  Épreuves d'artiste avec remarques sur Japon, tirées in-4.

201. — Suite complète de 50 vignettes en-têtes de pages de Foulquier, dont un portrait, pour les *Fables*, édition Mame, grand in-8.

  Épreuves avant la lettre, tirage hors texte sur Chine volant.

LA FONTAINE

202 — Suite complète de 14 compositions inédites de
Moreau le jeune et un portrait d'après Fiquet,
pour les *Fables*, publiées par Rouquette, 1883,
in-12.

Eaux-fortes pures sur Japon.

203 — Suite complète de 72 figures d'après Oudry,
pour les *Fables*, édition Lemerre, in-18.

Épreuves avant la lettre sur Chine volant, marges in-4.

204 — Suite complète des 80 figures d'Eisen et 2 portraits, pour les *Contes et Nouvelles*, en vers,
édition dite des Fermiers généraux, 1762,
in-8.

Belles épreuves. — Plus 3 pièces en état différent et 2
découvertes.

205 — Fleurons, en-têtes et cul-de-lampe, pour la
même édition.

Suite complète de 7 pièces, très belles épreuves avant
la lettre tirées hors texte, toutes marges. — Plus une
pièce double non terminée.

206 — Suite de 49 culs-de-lampe de Choffard, pour
les *Contes et Nouvelles* en vers, édition dite
des Fermiers généraux, 1762, in-8.

Très belles et rares épreuves tirées hors texte à toutes
marges. (Il ne manque que 3 pièces pour que la suite
soit complète : le cul-de-lampe de la *Fiancée du roi de
Garbe*, celui des *Deux Amis* et celui du *Baiser rendu*.)

207 — Suite complète des 24 figures de Desrais et
Goujet, pour les *Contes*, édition Cazin, 1780,
in-18.

> Belles épreuves imprimées à deux sur la feuille, toutes
> marges.

208 — Figures de la même suite.

> 4 pièces à l'eau-forte pure, 14 avant la lettre et 5 avec
> la lettre.

209 — Suite complète des 20 figures de Fragonard et
Touze, pour les *Contes*, édition Didot, 1795,
in-4.

> Épreuves à l'eau-forte pure, avec marges. Tirées d'un
> volume relié. Rares.

210 — Figures de la même suite.

> 14 pièces à l'eau-forte pure, la plupart à grandes mar-
> ges, deux pièces sont remargées. (Manquent : *Joconde, le
> Pardon — Le Gascon puni — La Fiancée, la Cassette — Le
> Pâté d'Anguilles — Belphégor — Le Glouton.*)

211 — Figures de la même suite.

> 18 pièces, très belles épreuves avant les numéros avec
> marges de différentes grandeurs (cette suite est complétée
> par 2 pièces avec n°° : *Le Faucon* et *le Magnifique*).

212 — La même suite complète.

> Très belles épreuves avec les n°°, toutes marges.

213 — Fleuron de titre du tome Ier, par Choffard.

> Superbe épreuve avant la lettre tirée hors texte, toutes
> marges.

LA FONTAINE

214 — Le même fleuron.

> Belle épreuve avant la lettre, tirée hors texte, la figure imprimée en couleur, petite marge.

215 — La Clochette, par Dambrun.

> Eau-forte pure et épreuve terminée, avec marges.

216 — La Fiancée du roi de Garbe, 3ᵉ planche, par Petit.

> Trois épreuves différentes : eau-forte pure, épreuve d'essai et épreuve terminée, avec marges.

217 — La Fiancée du Roi de Garbe, 3ᵉ planche, par Petit.

> Eau-forte avancée, remargée. — Plus une épreuve du *Juge de Mesle*, terminée.

218 — La Gageure des trois Commères ; 1ʳᵉ planche.

> Epreuve à l'eau-forte pure, remargée.

219 — La Gageure des trois Commères, 2ᵉ planche.

> Deux épreuves dont une à l'eau-forte pure et l'autre terminée avant toute lettre, marges.

220 — La Gageure des trois Commères, 3ᵉ planche.

> Eau-forte pure, remargée. — Plus une épreuve terminée.

221 — Imitation d'Anacréon.

> Eau-forte pure, avec marges.

222 — Le Muletier.

> Eau-forte pure, grandes marges.

223 — Suite complète des 57 figures de Fragonard,
1 fleuron de titre, 1 portrait et 1 en-tête pour la
Table, gravés par Martial et destinés à orner
l'édition Didot, 1795, in-4, publiée par P. Rouquette.

> Épreuves en trois états : Eau-forte pure ; 2ᵉ état en bistre
> et avant la lettre en noir, sur papier de Hollande, marges
> in-folio. Dans les cartons de publication.

224 — La même suite complète.

> Épreuves du 4ᵉ état, lettres grises, marges in-folio. —
> Plus une autre suite de 14 figures également de Martial,
> avant la lettre en bistre.

225 — Vingt estampes des Contes de La Fontaine,
dessinées par Fragonard et Touzé, pour l'édition de P. Didot l'aîné, 1795, réduites et gravées
à l'eau-forte par T. de Mare. Paris, Conquet,
1881, in-12.

> Épreuves en 3 états : Eau-forte pure, épreuve avancée
> et épreuve terminée sur papier du Japon, marges in-4. —
> Plus une suite du 4ᵉ état sur Hollande.

226 — Suite d'Estampes dessinées par Lancret, Pater,
Eisen, Boucher, Vleughels, etc., pour illustrer
les *Contes de La Fontaine*, publiées par Lemonnyer, 1883, in-4.

> Suite complète de 38 sujets, 1 fleuron de titre et 1 cul-
> de-lampe en double état : Eaux-fortes pures et avant la
> lettre sur papier de Hollande ; exemplaire en livraisons

LA FONTAINE

227 — Suite complète de 40 figures d'après Fragonard, Lancret, Boucher et autres et un portrait, pour les *Contes*, édition Lemerre, in-8.

    Épreuves avant la lettre, sur Chine volant ; dans un
carton.

228 — Suite complète des 172 figures, en-têtes et
culs-de-lampe, pour les *Contes et Nouvelles*,
en vers, publiées par Scheuring, à Lyon,
1874-1875, in-8.

    Très belles épreuves tirées hors texte sur Chine volant.
Cette suite est indiquée comme étant unique.

229 — Suite complète de 10 vignettes, d'après les
dessins d'Ed. Beaumont, gravées par Boilvin,
pour les *Contes*, édition Jouaust, 1885, in-8.

    Très belles épreuves en deux états : Eau-forte pure et
avec remarques sur Japon. Chaque suite a été tirée en
dix exemplaires.

230 — Suite complète des 4 figures d'après Schall,
pour *Les Amours de Psyché et de Cupidon*,
édition Defer et Maisonneuve, 1791, in-4.

    Superbes épreuves imprimées en couleur, toutes marges.

231 — Suite des 6 figures de Binet, pour *Les Amours
de Psyché et de Cupidon*, édition Patris, 1796,
petit in-12.

    Très belles épreuves avant la lettre, sur papier vélin,
toutes marges.

232 — Suite complète des 8 figures de Moreau le jeune, pour *Les Amours de Psyché et de Cupidon*, édition Didot, 1795, in-4.

    Très belles épreuves avant la lettre, remargées à claire voie.

233 — Vignettes de la même suite.

    6 pièces, très belles épreuves avant la lettre du 1ᵉʳ état avec les noms à la pointe, grandes marges.

234 — Figures de la même suite.

    6 pièces à l'eau-forte pure. Rares.

235 — La même suite complète.

    Très belles épreuves, marges in-4.

236 — Suite complète des 8 figures de Moreau et un portrait, pour *Les Amours de Psyché et de Cupidon*, édition Saugrain, 1797, réductions in-12.

    Épreuves en deux états : avant et avec la lettre, toutes marges.

237 — Suite complète des 5 figures de Gérard, pour *Les Amours de Psyché et de Cupidon*, édition de 1797, in-4.

    Très belles épreuves avant la lettre, grandes marges. — Plus : *Psyché sur le rocher*, à l'eau-forte pure.

LA HARPE

238 — Suite complète d'un titre et 4 figures de Marillier, pour *Tangu et Félime*, 1780, petit in-8.

    Très belles épreuves à toutes marges.

LAUJON (de)

239 — Suite de 3 frontispices et 3 vignettes de Moreau,
pour les *A-propos de Société* et les *A-propos
de la Folie*, in-8.

    6 pièces, très belles épreuves avec marges.

LEGOUVÉ

240 — Suite complète de 6 figures de Desenne et Devéria et un portrait, pour le *Mérite des Femmes*,
in-8.

    Très belles épreuves avant la lettre sur Chine, marges
in-folio. — Plus les 6 vignettes à l'eau-forte pure sur Chine,
marges, in-4.

LEGRAND D'AUSSY

241 - Suite complète de 18 figures de Moreau et
Desenne, pour les *Fabliaux*, édition Renouard,
1829, in-8.

    Très belles épreuves en deux états : Eau-forte pure sur
Chine volant et avant la lettre sur Chine collé, toutes
marges.

LÉONARD

242 — Suite complète des 8 figures de Moreau, pour *Lettres d'Héloïse et d'Abeilard*, traduction de Gervaise, publiées par J. B. Fournier, le jeune et fils, 1796, grand in-4.

> Épreuves à l'eau-forte pure avec marges, remontées à claire voie, in-folio. — Plus une pièce en contre-partie.

    40

243 — La même suite complète.

> Épreuves en deux états : avant et avec la lettre, toutes marges.

    20

244 — La même suite complète.

> Épreuves avant la lettre sur papier bleu, toutes marges en 1 vol. rel. v.

    49

245 — La même suite.

> Épreuves imprimées en couleur, toutes marges. Rares.

    131

LESAGE

246 — Suite complète des 28 figures de Monnet, pour *l'Histoire de Gil-Blas*, édition Chaigneau aîné, 1796, in-8.

> Très belles épreuves avant la lettre, toutes marg

    11

247 — Suite complète des 100 figures de Bornet, pour *l'Histoire de Gil-Blas de Santillane*, édition Didot jeune, 1797, in-8.

> Très belles épreuves du 1er tirage sur papier vergé, toutes marges.

    17

LESAGE

248 — Suite de 14 figures de Chodowiecki, gravées
par Jury, pour *Gil-Blas*, 1797, in-8.

> Belles épreuves. Très rares.

249 — Suite complète de 20 figures et un portrait par
Lalauze, pour *Gil-Blas*, édition Paterson,
in-8.

> Très belles épreuves d'artiste avec remarques sur Hollande, marges in-4.

250 — Suite complète de 12 figures de Los Rios, pour
Gil-Blas, in-8. — Suite complète de 4 figures,
pour le *Diable boiteux*. — Suite complète de
6 figures, pour *Gusman d'Alfarache*. — Suite
complète de 4 figures, pour le *Bachelier de
Salamanque*. — Suite complète de 4 figures,
pour *Estévanille Gonzalez*, in-8.

> Ensemble cinq collections avant la lettre sur papier du Japon ; dans le portefeuille de publication.

251 — Suite complète de 5 en-têtes de Valton gravés
par Gaujean, pour *Turcaret*, édition Quantin,
in-12.

> Très belles épreuves avant la lettre, tirées hors texte sur Japon. — Plus 3 eaux-fortes pures.

LEVAYER DE BOUTIGNY

252 — Suite complète des 3 frontispices de Cochin,
Moreau et Eisen et des 20 en-têtes d'Eisen,

pour *Tarsis et Zélie*, publié par Musier fils, 1774, in-8.

Belles épreuves ; 1 en-tête à l'eau-forte pure et les autres imprimées hors texte en grand papier (de tirage postérieur). 1 vol. demi-maroq., non rogné.

LIGNE (le Prince de)

253 — Suite de 14 figures en-têtes de pages de Choffard et une dédicace gravée, pour *Préjugés Militaires par un Officier Autrichien*, 1780, in-8.

Très belles épreuves avant la lettre tirées hors texte avec toutes leurs marges non ébarbées ; plaquette en maroquin vert, poli.

LONGUS

254 — Suite complète des 9 figures d'après Prudhon et Gérard, pour *Les Amours de Daphnis et Chloé*, publié par P. Didot, 1802, in-fol.

Très belles épreuves avant la lettre avec tablette (tirées à 27 exemplaires en cet état. — Plus le texte grec à toutes marges.

255 — Figures de Le Barbier, pour une édition projetée de *Daphnis et Chloé*, in-4.

6 Vignettes avant la lettre, un frontispice et un en-tête hors texte. — Plus 2 eaux-fortes pures et 2 épreuves d'essai.

LUCAIN

256 — Suite complète des 10 figures de Perrin, pour la *Pharsale*, traduite par Brébeuf, an IV (1796), in-8.

> Épreuves en deux états : Eaux-fortes pures et avant la lettre, toutes marges.

LUCRÈCE

257 — Suite complète de 10 figures de Cochin, Eisen et le Lorrain, 12 en-têtes et culs-de-lampe des mêmes, pour *De la nature des choses*, édition d'Amsterdam, 1754, in-8.

> Les figures sont à toutes marges et les fleurons hors texte et remargés à jour. — Plus 6 eaux-fortes et épreuves d'essai des vignettes.

258 — Figures de Gravelot, pour *De la nature des choses*, édition Bleuet, 1768, in-8.

> 2 pièces avant la lettre et 9 à l'eau-forte pure. Rares.

259 — Suite complète des 7 figures de Monnet, pour *De la nature des choses*, édition Bleuet, 1794, in-4.

> Très belles épreuves du 1ᵉʳ état avant la lettre, avec les cadres, toutes marges. — Plus 4 pièces à l'eau-forte pure et l'épreuve et la contre-épreuve du cadre.

MAISTRE (J. de)

260 — Suite complète des 6 figures de Hédouin, dont un portrait, pour le *Voyage autour de ma Chambre*, édition Jouaust, in-8.

> Très belles épreuves avant toutes lettres sur Hollande, marges in-4.

MARGUERITE DE NAVARRE

261 — Suite complète de 72 figures de Freudenberg, pour l'*Heptaméron*, publié à Berne 1780, in-8.

> Très belles épreuves, toutes marges.

261 *bis* — Figures de la même suite.

> 62 pièces, belles épreuves à grandes marges.

MARMONTEL

262 — Suite complète des 6 figures de Patas, pour *Le Huron*, comédie publiée en 1769, in-8.

> Très belles épreuves, toutes marges.

263 — Figures, en-têtes de pages et culs-de-lampe d'Eisen, pour les *Chefs-d'Œuvre dramatiques* publiés par Grangé, 1773, in-4.

> 4 figures avant la lettre dont une à l'eau-forte avancée; 10 en-têtes avant la lettre tirés hors texte, dont un à l'eau-forte pure et 4 culs-de-lampe tirés hors texte.

MARMONTEL

264 — Suite complète des 10 figures de Moreau, pour
les *Incas*, édition Lacombe, 1777, in-8.

Epreuves avec la lettre, toutes marges. — Plus 9 pièces
avant la lettre et 2 à l'eau-forte pure.

MERCIER (L.-Séb.)

265 — Suite complète de 1 figure et un en-tête de Moreau, pour *Lettre de Dulis à son Ami*. Paris,
Lejay, 1768, in-8.

La figure est avant la lettre et l'en-tête à l'eau-forte pure.
— Plus une figure de Marillier, pour *L'An deux mille quatre
cent quarante*, 1786. Epreuve à l'eau-forte pure.

MÉTASTASE

266 — Suite complète des 35 figures de Cochin, Moreau, Cipriani et autres, pour ses *Œuvres*,
publiées par la Vᵉ Hérissant, 1780-1782, in-8.

Très belles épreuves à toutes marges. — Plus un portrait
frontispice d'après Eisen, avant la lettre.

MILTON

267 — Suite complète de 1 portrait d'après Faithorne,
1 titre gravé avec dédicace, 12 figures et 12
en-têtes par John et Henry Richter, pour *The
Paradise lost*, édition de 1794-1799, in-4.

Très belles épreuves à toutes marges. Les en-têtes sont
avant la lettre tirés hors texte.

268 — Suite complète de 3 figures frontispices, par Le Barbier et Monsiau, pour le *Paradis Perdu*, traduction de Delille, 1804, in-4.

> Très belle suite en deux états; avant et avec la lettre, toutes marges.

MOLIÈRE

269 — L'Escole des femmes — Les Femmes sçavantes — George Dandin — M. de Pourceaugnac, par Joullain, d'après les dessins de Ch. Coypel, in-fol.

> 4 pièces, belles épreuves. Plus une copie retournée et le portrait de Coypel, par Massé.

270 — Suite de 15 en-têtes de Blondel, pour l'édition de 1734, in-4.

> Très belles épreuves tirées hors texte, toutes marges.

271 — Suite complète des 33 figures de Boucher et un portrait, gravées par Punt, pour l'édition d'Amsterdam, 1741, in-12.

> Très belles épreuves du 1er tirage avant les contretailles, à 6 sur la feuille, toutes marges.

272 — Les Fascheux. — La Comtesse d'Escarbagnas, d'après Moreau le jeune, pour l'édition de Bret, in-8.

> 2 pièces, belles épreuves avant la lettre avec marges. — Plus 2 avec la lettre.

MOLIÈRE

273 — Suite complète des 34 figures de la 1re suite de
Moreau, dont un portrait, *Pour les Œuvres*,
édition de Bret. — Suite complète des 30 figures et un portrait, publiées par Renouard,
in-8.   44

> La 1re suite est coloriée et remontée et la 2e suite est à
> toutes marges. Elles sont reliées ensemble en 1 vol. demi-
> rel. maroq. dos et coins, non rogné.

274 — Suite complète des 30 figures de Moreau et un
portrait par Saint-Aubin, pour les *Œuvres*,
édition Renouard, in-8.   105

> Eaux-fortes pures, remarquées ; les n°s 20 et 22, par deux
> graveurs différents. Le portrait est à grandes marges.

275 — La même suite complète.   75

> Très belles épreuves avant la lettre, toutes marges.

276 — La même suite.   99

> Très belles épreuves avec la lettre sur Hollande, du
> 1er tirage, toutes marges.

277 — Suite complète des 18 figures de Desenne et un
portrait par Taurel, pour les *Œuvres*, publiées
par Lefèvre en 1824, in-8.   21

> Très belles épreuves avant la lettre sur Chine et sur
> blanc.

278 — Suite complète de 18 figures de Desenne et un portrait, publiée dans la *Bibliothèque française* in-18.

> Très belles épreuves avant la lettre, toutes marges. — Plus 11 pièces à l'eau-forte pure et 6 avant les n°.

279 — Suite complète des 18 figures d'après Horace Vernet et un portrait, in-8.

> Épreuves sur Chine, avec des états. — Plus 5 à l'eau-forte pure.

280 — Suite complète de 100 figures, en-têtes de pages par Hillemacher, dont un portrait, pour le *Théâtre*, in-8.

> Épreuves avant la lettre tirées hors texte sur Chine volant.

281 — Suite complète de 34 vignettes et un frontispice dessinés et gravés par Edmond Hédouin, pour les *Œuvres*, in-8.

> Très belles épreuves en deux états : Eau-forte pure et avant la lettre sur beau papier vélin à la forme. Toutes les épreuves portent la signature autographe de l'artiste.

282 — Suite complète de 33 figures et un portrait par Lalauze, in-8.

> Très belles épreuves avant la lettre sur papier du Japon, marges in-4.

283 — Suite complète des 8 figures inédites de Lalauze, Martial, Desbrosses, etc., in-8.

> Épreuves en deux états : avant la lettre sur Chine volant et avec la lettre sur Hollande.

MOLIÈRE

284 — Suite complète de un fleuron de titre et 33 figures d'après Boucher, réduites et gravées à
l'eau-forte par T. de Mare, in-8, tirées in-fol.

> Épreuves en trois états : Eau-forte pure, avant la lettre
> et avec la lettre sur papier de Hollande. Les deux pre-
> miers états sont signés au crayon par l'artiste ; dans les
> cartons de publication.

285 — Suite d'Estampes des principaux sujets des
comédies de Molière, réduite et gravée par
T. de Mare, publiée par Mme Lefilleul, in-8.

> 7 pièces, épreuves en deux états : Eau-forte pure et avant
> la lettre sur Hollande. — Plus 3 états de la couverture.

286 — Suite complète de 50 eaux-fortes, en-têtes de
pages de Foulquier, dont un portrait pour les
Œuvres, édition Mame, grand in-8.

> Épreuves avant la lettre, tirage hors texte sur Chine
> volant.

MONTESQUIEU

287 — Suite complète de 10 figures de Desrais et un
frontispice, pour le *Temple de Gnide*, édition
Dufour, 1773, in-8.

> Très belles épreuves avec marges. — Plus une pièce à
> l'eau-forte pure.

288 — Suite complète des 18 figures de Regnault et Lebarbier, pour le *Temple de Gnide*, édition Didot jeune, 1795, in-18.

> Très belles épreuves avant la lettre, toutes marges, avec 2 figures retournées. — Plus le portrait de Montesquieu par Saint-Aubin, formant fleuron sur le titre, en épreuve tirée hors texte. Très rare.

289 — La même suite complète.

> Très belles épreuves, toutes marges. — Plus 3 figures de Lebarbier, pour *Arsace et Isménie*, in-8 à toutes marges

290 — Suite complète de 13 gravures d'après Moreau, Perrin, Chaudet et autres et un portrait, pour les *Œuvres complètes*, édition Plassan, 1796, in-4.

> Très belles épreuves en deux états : Avant et avec la lettre, toutes marges. — Plus une eau-forte pure.

291 — Figures de Peyron gravées en couleur, par Lavallée et Chapuy, pour le *Temple de Gnide*, publié par Didot l'aîné, an IV (1796), in-4.

> 9 pièces, très belles épreuves avant et avec la lettre, imprimées en couleur, toutes marges — Plus 2 épreuves à l'eau-forte pure et un portrait.

MOREL DE VINDÉ

292 — Suite complète de 5 figures de Lefebvre et un frontispice, pour *Primerose*, édition Didot l'aîné, 1797, in-18.

> Epreuves à l'eau-forte pure, toutes marges.

MOREL DE VINDÉ

293 — La même suite complète.

> Très belles épreuves avant la lettre, tirées à deux sur la feuille, marges in-8.

42

294 — Suite complète des 6 figures de Lefebvre, pour *Zélomir*, édition Didot l'aîné, 1801, in-18.

> Très belles épreuves avant la lettre, toutes marges, in-8. — Plus 5 pièces à l'eau-forte pure et une pièce retournée en deux états.

60

OVIDE

295 — Figures de Boucher, Eisen, Gravelot, Monnet, Moreau le jeune, pour les *Métamorphoses*, traduction de l'abbé Banier, 1767–1771, in-8.

> 110 pièces, très belles épreuves, la majeure partie à toutes marges (il manque 30 pièces pour que la suite soit complète).

80

296 — Figures de la même suite.

> 10 pièces avant la lettre et 2 à l'eau-forte pure. — Plus 10 en-têtes avant la lettre tirés hors texte et le fleuron de la fin.

42

297 — Figures de la même suite.

> 15 pièces coloriées, grandes marges.

12

298 — Suite de figures de Moreau, Lebarbier et Monsiau, pour les *Métamorphoses*, traduction de Villenave, 1806, in-8.

> 100 pièces à l'eau-forte pure avec marges inégales.

30

299 — Figures de la même suite.

145 pièces avant la lettre, grandes marges, dont quelques doubles avec différences.

PEZAY (le Marquis de)

300 — Suite de 4 figures d'Eisen, pour *Zélis au Bain*, publié à Genève, 1763, in-8.

Belles épreuves dont une courte de marges et une en contre-partie. — Plus 3 en-têtes à l'eau-forte pure.

301 — Une figure, 2 en-têtes et 2 culs-de-lampe, pour *La Nouvelle Zélis au Bain*, édition Merlin, 1768, in-8.

Très belles épreuves, grandes marges.

PHOCION

302 — Suite complète de 2 figures de Moreau, pour *Les Entretiens*, in-4.

Épreuves en trois états : Eau-forte pure, avant la lettre et avec la lettre.

POPE

303 — Suite de 7 figures de Marillier, pour *La Boucle de Cheveux enlevée*, et un portrait, édition Vᵉ Duchesne, 1779, in-8.

Très belles épreuves dont 5 à toutes marges. — Plus 7 pièces à l'eau-forte pure. Rares.

PREVOST (l'Abbé)

304 — Suite complète des 8 figures de Lefebvre, pour l'*Histoire de Manon Lescaut*, édition Didot l'aîné, 1797, in-18.

Epreuves à l'eau-forte pure, marges in-8.

305 — La même suite complète.

Très belles épreuves avant la lettre, marges in-8.

306 — La même suite.

Epreuves avec la lettre, toutes marges, in-18.

QUERLON (de)

307 — Figures de Moreau, pour les *Grâces*, édition Prault, 1769, in-8.

4 pièces et le frontispice avec la lettre — *L'Amour enchaîné par les Grâces*, à l'eau-forte pure, toutes marges — *Les trois Grâces*, avant la lettre — Copie du titre, par B¹, 1779, avant la lettre — *Les Grâces vengées* et *l'Amour enchaîné*, copies grand in-8 avant toutes lettres. Ensemble 10 pièces.

RACINE (J.)

308 — Suite complète des 12 figures de Lebarbier, pour les *Œuvres complètes*, édition Déterville, 1796, in-8.

Belles épreuves avec la lettre, toutes marges. — Plus 6 pièces avant la lettre et 2 à l'eau-forte pure.

309 — Suite complète des 57 figures, d'après Prudhon, Girodet, Gérard, Chaudet, pour les *Œuvres*, édition Didot, an IX (1801), in-folio.

> Très belles épreuves avant la lettre (lettres grises), sur Chine (7 pièces sont avec la lettre). 1 vol. demi-rel.

310 — Figures de la même suite.

> 16 pièces avant toutes lettres et une à l'eau-forte pure — Plus le frontispice avec la lettre.

311 — Suite complète des 12 figures de Moreau et un portrait, par Saint-Aubin, pour les *Œuvres*, édition Renouard, 1805, in-8.

> Eaux-fortes pures avec marges. Tirées d'un livre relié.

312 — La même suite complète.

> Très belles épreuves avant la lettre, avec marges. Tirées d'un volume relié.

313 — La même suite.

> Très belles épreuves du 1er tirage sur papier vergé, toutes marges.

314 — Suite complète de 12 figures par Garnier, et un portrait, pour les *Œuvres*, édition Lenormand, 1808, in-8.

> Très belles épreuves avant la lettre, toutes marges. — Plus 2 fleurons de titre, par Choffard, tirés hors texte et la suite complète des 7 titres avec l'impression.

315 — Suite complète de 12 figures de Moreau et un portrait d'après Santerre, pour les *Œuvres*

complètes, édition Raymond et Ménard, 1811,
in-8.

Eaux-fortes pures, extraites d'un volume relié.

316 — La même suite complète.

Belles épreuves avant la lettre. Tirées d'un ouvrage relié.

317 — La même suite.

Belles épreuves avec la lettre, toutes marges.

318 — Suite complète de 56 figures de Chaudet, Gérard, Girodet et autres et 1 frontispice de
Prudhon, pour les *Œuvres*, édition de 1816,
in-8.

Très belles épreuves avant la lettre, toutes marges.

319 — Suite complète des 12 figures de Desenne et un
portrait gravés par Girardet, pour les *Œuvres*,
in-18.

Très belles épreuves avant la lettre à toutes marges. —
Plus le portrait de Racine en état différent.

320 — Suite complète des 46 en-têtes de Foulquier
et un portrait, pour les *Œuvres*, édition Mame,
in-4.

Très belles épreuves tirées hors texte sur Chine volant.

RAYNAL

321 — Suite complète des 6 figures d'Eisen, pour
Histoire philosophique du commerce des Indes,
publiée à La Haye, 1774, in-8.

Très belles épreuves avant la lettre, toutes marges. —
Plus 4 pièces à l'eau-forte pure.

322 — Suite complète de 6 vignettes agrandies, d'après Eisen, avec un portrait gravé par Legrand, pour *Histoire philosophique du Commerce des Indes*, publiée à Genève, 1775, grand in-8.

> Très belles épreuves avant la lettre, toutes marges. — Plus la suite complète des vignettes, à l'eau-forte pure.

323 — Suite complète de 9 figures de Moreau et un portrait de Cochin, pour *Histoire philosophique du Commerce des Indes*, édition Pellet, 1780, in-8.

> Très belles épreuves du 1ᵉʳ tirage, grandes marges. — Plus 2 pièces en état différent.

324 — La même suite complète.

> Très belles épreuves avant la lettre (moins le portrait et les 3ᵉ et 7ᵉ vignettes qui sont avec la lettre).

325 — La même suite.

> Très rares épreuves à l'eau-forte pure. (Les vignettes nᵒˢ 1, 7 et 8 n'appartiennent pas à cette suite, elles sont de format plus grand).

RÉGNARD

326 — Suite complète des 13 figures de Desenne, pour les *Œuvres*, édition Dufart, 1828, in-8.

> Épreuves en trois états : Eau-forte pure, avant la lettre sur Chine et lettres grises sur Chine, marges in-4.

ROBBÉ DE BEAUVEZET

327 — Suite complète de 4 figures de Desfriches, gravées par Cochin, pour *Mon Odyssée*, publiée à
La Haye, 1760, in-12.

> Epreuves à l'eau-forte pure. Rares.

ROUCHER

328 — Figures de Moreau, Cochin, Marillier, pour
Les Mois. Paris, Quillau, 1779, in-4.

> 3 pièces à l'eau-forte pure et une avant la lettre.

ROUSSEAU (J.-J.)

329 — Suite complète des 38 figures de Moreau et
Lebarbier et un portrait, pour les *Œuvres*,
publiées à Londres (Bruxelles), 1774-1783, in-4.

> Très belles épreuves, toutes marges.

330 — Figures de la même suite.

> 33 pièces, très belles épreuves avant les numéros, la
> plupart à grandes marges. — Plus 2 doubles avec diffé-
> rences et le portrait.

331 — Figures de la même suite.

> 2 pièces à l'eau-forte pure et 2 non terminées. — Plus
> 4 fleurons de Moreau et Choffard en tirage hors texte.

332 — Figures de la même suite.

12 pièces en états rares avec légende gravée en très petits caractères, copies anciennes, etc.

333 — Suite complète des 47 figures de Moreau, Cochin et autres et des 39 frontispices, pour les *Œuvres complètes*, édition Poinçot, 1788-1793, in-8.

Belles épreuves avec marges inégales.

334 — Suite complète de 35 figures de Cochin et Monsiau, dont 1 portrait pour les *Œuvres*, édition Defer et Maisonneuve, 1793-1800, in-4.

Très belles épreuves avant la lettre, marges in-folio (sauf une pièce). — Plus la musique.

335 — La même suite complète.

Très belles épreuves avec la lettre, marges in-fol.

336 — Figures de la même suite.

25 pièces à l'eau-forte pure avec marges différentes.

337 — Suite complète des 40 figures de Devéria et 2 portraits, pour les *Œuvres complètes*, édition Dalibon 1820, in-8.

Belles épreuves en deux états : eau-forte pure sur Chine et avant la lettre sur papier blanc, toutes marges.

338 — La même suite.

Épreuves avec la lettre grise sur Chine. (Moins une pièce qui est sur papier blanc.)

ROUSSEAU (J.-J.)

339 — Suite complète de 5 figures et un portrait, d'après Prudhon, pour la *Nouvelle Héloise*, 1804, in-8.

> Très belles épreuves, toutes marges.

340 — Figures d'Eisen, gravées par de Ghendt, pour *Pygmalion*, in-8.

> 2 pièces, très belles épreuves avant la lettre, avec marges. — Rares.

341 — *Pygmalion*, scène lyrique mise en vers par M. Berquin, le texte gravé par Drouet, réimpression publiée par Lemonnyer, 1883, in-8, tiré in-4.

> Exemplaire sur papier de Hollande, avec les figures avant la lettre en bistre ajoutées, br.

SAINTE BIBLE

342 — Suite complète des 300 figures de Marillier, pour *L'Ancien et le Nouveau Testament*, traduction de Lemaistre de Sacy, 1789-1804, in-8.

> Epreuves avant la lettre et avant les numéros, grandes marges; en 1 volume demi-rel. basane. Provient de la Collection de M. Paillet.
> « Cet exemplaire est probablement le plus beau connu. »

343 — Figures de la même suite.

> 52 pièces à l'eau-forte pure.

344 — Figures de Moreau, pour le *Nouveau Testament*, in-8.

> 100 pièces dont 68 à l'eau-forte pure et 32 avant la lettre.

345 — Suite complète des 33 figures et une carte, pour
L'Ancien et le Nouveau Testament, édition
Furne, in-8.

> Très belles épreuves avant la lettre sur Chine, marges
> in-folio.

SCARRON

346 — Suite complète des 15 figures de Lebarbier et
un portrait, pour le *Roman-Comique*, publiée
chez Janet, 1796, in-8.

> Très belles épreuves avant la lettre, toutes marges. —
> Plus 3 eaux-fortes pures.

347 — Suite complète des 16 figures de Pater et Du-
mont et un fleuron de titre, réduites et gravées par T. de Mare, pour le *Roman Comique*
et publiées par P. Rouquette, in-4.

> Exemplaire en deux états : Eau-forte pure et avant la
> lettre sur papier de Hollande.

SEDAINE

348 — Suite complète des 6 figures de Queverdo et
Martinet, pour *On ne s'avise jamais de tout*,
opéra-comique, publié chez Hérissant, 1761,
in-8.

> Épreuves superbes à toutes marges, in-4.

SEDAINE

349 — Suite complète des 6 figures de Thérèse Martinet et Quéverdo, pour *Rose et Colas*, comédie publiée par Hérissant, 1764, in-8.

> Très belles épreuves à toutes marges, in-4.

350 — Suite complète de 6 figures de Duclos, pour *Les Sabots*, opéra-comique, 1768, in-8.

> Très belles épreuves, grandes marges. — Plus 3 pièces avant la lettre.

351 — Suite complète des 6 figures de Duclos, pour *Le Déserteur*, comédie, in-8.

> Très belles épreuves à toutes marges in-4 ; avec 2 pièces à l'eau-forte pure. — Plus une figure unique de Marillier pour la même comédie en trois états différents.

SÉVIGNÉ (Mme de)

352 — Suite complète de 25 portraits par Devéria, pour illustrer les *Lettres*, édition Dalibon, 1823, in-8.

> Très bel exemplaire en deux états : Eau-forte pure sur Chine, in-4 et avant la lettre sur Chine, marges in-folio.

SHAKESPEARE

353 — Figures de Moreau, pour le *Théâtre*, publiés à Londres, 1785-1787, in-8.

> 8 pièces avant la lettre et une à l'eau-forte pure.

SIELANKI POLSKI ROSNYCH

354 — Suite complète de 8 figures dont un frontispice
d'après Eisen, pour les *Idylles polonaises*, publiées à Varsovie, 1778, in-8.

>   Epreuves superbes à toutes marges. — Plus le frontis-
>   pice à l'eau-forte pure.

STERNE

355 — Suite complète des 6 figures de Monsiau, pour
le *Voyage sentimental*, suivi de *Lettres de
Yorich à Elisa*, édition Dufour, an VII (1799),
in-4.

>   Très belles épreuves avant la lettre, toutes marges.

356 — Figures de la même suite.

>   6 pièces, eaux-fortes et épreuves d'essai, dont une retou-
>   chée au crayon.

357 — Suite complète de 6 figures d'après Monsiau,
pour le *Voyage sentimental*, publiée par
Kœnig, 1801. in-12.

>   Epreuves en deux états : avant et avec la lettre, toutes
>   marges.

SWIFT

358 — Suite complète des 9 figures de Lefebvre et un
frontispice, pour les *Voyages de Gulliver*,
traduction de l'abbé Desfontaines, 1797, in-18.

>   Eaux-fortes pures.

SWIFT

359 — La même suite complète.

> Très belles épreuves avant la lettre, toutes marges.

360 — La même suite complète.

> Épreuves avant la lettre, coloriées et remontées, in-8.

361 — La même suite.

> Deux exemplaires dont un avec la légende en français et l'autre en anglais.

TARDIEU SAINT-MARCEL

362 — Frontispice unique d'après Moreau le jeune, pour *Charles Martel,* poëme héroïque, 1806, in-8.

> Très belle épreuve en deux états : Eau-forte pure et avant la lettre, avec marges.

TASSE (Le)

363 — Suite complète de 20 figures de Gravelot, pour la *Jérusalem délivrée,* en italien, 1771, in-8.

> Très belles épreuves. — Plus 14 fleurons tirés hors texte et 19 portraits.

364 — Suite complète de 40 figures de Cochin et 1 frontispice, pour la *Gerusalemme liberata,* édi-

tion dite de Monsieur. Paris, F. Amb. Didot,
1784-86, in-4.

Très belles épreuves du 1ᵉʳ tirage, avec petit cadre, toutes
marges.

365 — Figures de la même suite.

17 pièces, très belles épreuves avant la lettre, la plus
grande partie avec de grandes marges.

366 — Figures de la même suite.

13 pièces à l'eau-forte pure, dont 2 doubles.

367 — La même suite complète, 2ᵉ édition (sans date)
grand in-4.

Belles épreuves avec le cadre agrandi, la plupart à
toutes marges.

368 — Figures de Lebarbier, pour la *Jérusalem délivrée*, édition Bossange et Masson, 1813, in-8.

19 pièces avant la lettre, les noms à la pointe et avant
l'indication du Chant, toutes marges (manque le Chant
XVII pour que la suite soit complète). — Plus 10 pièces à
l'eau-forte pure.

TÉRENCE

369 — Suite complète des 6 figures de Cochin et un
frontispice, pour les *Comédies*, édition Jom-
bert, 1771.

Très belles épreuves avant la lettre, grandes marges. —
Plus 2 eaux-fortes pures et un frontispice non terminé.
On y a ajouté une suite avec la lettre.

THUCYLIDE

370 — Suite complète de 10 figures de Moreau, Lebarbier et Boichot et un portrait, pour l'*Histoire grecque*, traduction de Gail. 1807, in-8.

Très belles épreuves avant la lettre. — Plus 4 pièces à l'eau-forte pure.

TIBULLE

371 — Suite complète des 12 figures de Borel et deux portraits, pour les *Elégies*, traduction de Mirabeau l'aîné, in-8.

Très belles épreuves, en trois états : avant la lettre et avec la lettre en noir, et en couleur, toutes marges.

TRESSAN (Comte de)

372 — Suite complète de 4 figures, d'après Moreau, pour l'*Histoire de Gérard de Nevers*, 1792, in-18.

Très belles épreuves, toutes marges. — Plus 2 pièces avant la lettre et une à l'eau-forte pure.

373 — Suite complète des 4 figures d'après Moreau, pour l'*Histoire du Petit Jehan de Saintré*, 1791, in-18.

Très belles épreuves tirées à deux sur la feuille toutes marges. — Plus 3 pièces avant la lettre et une à l'eau-forte pure.

374 — Suite complète de 12 figures de Colin et deux portraits, pour les *Œuvres*, édition Nepveu, 1828, in-8.

Très belles épreuves avant la lettre sur Chine, marges in-4. — Plus 3 pièces à l'eau-forte pure.

UZANNE (Octave)

375 — Suite complète de 9 grandes figures, 1 frontispice et une couverture et 10 en-têtes, pour la *Française du Siècle*, publiée par Quantin, 1885, in-8.

Épreuves avant la lettre avec les fleurons hors texte, tirés par le graveur sur papier du Japon. — Plus 7 pièces doubles avec différences et 7 pièces pour *Son Altesse la Femme*, en états différents.

376 — Suite complète de 9 gravures de Gaujean, d'après Lynch, pour le *Paroissien du Célibataire*, in-8.

Épreuves en trois états : Eau-forte pure, épreuves non terminées et épreuves avant la lettre, tirées par le graveur sur papier du Japon in-4.

« Le 2ᵉ état, *inédit*, n'a été tiré qu'à 3 exemplaires pour le graveur. »

VIGNY (Alfred de)

377 — Suite complète de 10 figures, 1 portrait et deux fleurons de titres, gravés par Gaujean, pour *Cinq-Mars*, édition Quantin in-8.

Très belles épreuves en triple état : Eau-forte pure, épreuves avancées et avant la lettre, imprimées par le graveur sur papier du Japon (le 2ᵉ état n'a pas été publié.)

VIRGILE

378 — Suite complète des 17 figures et un frontispice de Cochin, pour les *Œuvres*, édition Quillau, 1743, in-8.

> Belles épreuves toutes marges. — Plus 7 pièces à l'eau-forte pure et épreuves d'essai.

379 — Suite complète de 12 figures de Zocchi et un portrait par Dupreel, pour les *Œuvres*, traduction de l'abbé Desfontaines, 1796, in-8.

> Belles épreuves avant la lettre, toutes marges. — Plus 9 eaux-fortes pures et 2 épreuves d'état.

380 — Figures de Gérard, Girodet, David, pour les *Œuvres*, édition Didot, 1798, in-fol.

> 18 pièces, très belles épreuves avant la lettre. — Plus 8 pièces à l'eau-forte pure et épreuves d'essai.

381 — Figures de la même suite.

> 3 pièces gouachées.

382 — Suite complète de 4 figures de Moreau, pour *L'Enéïde*, traduction de J. Delille, 1804, grand in-4.

> Très belles épreuves avant la lettre, toutes marges. — Plus une eau-forte et 3 épreuves d'essai.

383 — Suite complète des 4 figures de Moreau, pour *L'Enéïde*, édition Giguet et Michaud, 1804, in-8.

> Très belles épreuves avant la lettre, toutes marges. — Plus une pièce à l'eau-forte pure.

384 — Suite de 5 figures de Lebarbier, Boichot et autres, in-4.

> Belles épreuves avant la lettre, toutes marges.

385 — Suite complète de 12 figures de Chodowiecki, pour l'*Enéide travestie*, in-18.

> Très belles épreuves gravées et imprimées sur une seule feuille, toutes marges.

386 — Suite complète des 4 figures d'Eisen, pour les *Géorgiques*, édition Bleuet. 1770, in-8.

> Très belles épreuves avec marges.

VOLTAIRE

387 — Suite complète des 45 figures de Gravelot et 2 portraits, pour les *Œuvres*, in-4.

> Très belles épreuves avec marges.

388 — Suites de figures, pour les *Œuvres*, in-8.

> 2 volumes mar. rouge dos orné, dentelles gardes en moire tr. dorée (Capé), contenant : 1° la suite de 113 figures, pour les *Œuvres*, édition Renouard en deux états : eau-forte pure et avant la lettre avec les portraits de Henri IV et de Jeanne d'Arc; 2° la suite des 21 figures de Lebarbier et autres, pour la *Pucelle*, édition Didot. 1795, en deux états : Eaux-fortes et avant la lettre, avec le portrait de Jeanne d'Arc par Gaucher, et 3° 10 figures de Moreau, pour la *Pucelle*, tirées de la 1re suite de 1784, avant la lettre, remontées. Collection Thomas Powell.

389 — Figures de Moreau, pour les *Œuvres*, édition Renouard, in-8.

> Exemplaire avant la lettre provenant de la Vente Sieurin; la majeure partie des pièces sont à toutes marges.

mais plusieurs sont beaucoup plus courtes. (Le chant 3
de la *Henriade* a la lettre grattée. — Les chants 3, 17 et 19
de la *Pucelle* sont avec la lettre. — La figure n° 2 des
Contes est avec la lettre. — Les portraits sont presque
tous avec la lettre, plusieurs manquent et d'autres ont été
ajoutés.) Ensemble 179 pièces.

390 — Suite de 122 figures de Moreau, pour les *Œuvres*, édition Renouard, in-8.

Épreuves avant la lettre sur Chine volant (moins le chant
III de la *Pucelle* qui est avec la lettre et 1 planche du
Théâtre qui a été remplacée par une sur papier blanc).

391 — Figures de la même suite; savoir : 33 figures pour les *Romans*, 44 pour le *Théâtre* et 5 pour les *Pièces historiques*, in-8.

Ensemble 82 pièces avec la lettre, toutes marges.

392 — Suite complète de 10 en-têtes et 1 frontispice d'après Eisen, pour la *Henriade*, édition Barbou, 1770, in-8.

Très rares épreuves tirées hors texte avec les marges
non ébarbées.

393 — Suite complète de 10 figures de Moreau, un titre et un frontispice, pour la *Henriade*, édition de Kehl, in-4.

Très belles épreuves avant la lettre, toutes marges. —
Plus une suite avec la lettre et 3 eaux-fortes, dont une iné-
dite.

394 — Suite complète des 12 figures de Quéverdo, pour la *Henriade*, in-4.

Épreuves à l'eau-forte pure avec grandes marges. Très
rares. Collection Martineau des Chesnez.

395 — Figures de la même suite.

>10 pièces avec la lettre, la plupart à toutes marges. — Plus une pièce avant la lettre et 5 pièces à l'eau-forte pure du sujet avec l'entourage enlevé.

396 — Suite complète de 10 figures et 1 frontispice, par de Troy, Lemoine et Vleughels, pour la *Henriade*, Londres, 1728, in-4, édition originale.

>Très belles épreuves.

397 — Suite complète de 21 figures de Gravelot, pour *La Pucelle*, édition de Genève, 1762, in-8.

>Très belles épreuves du 1er tirage, avec les chiffres romains, grandes marges. (La figure du chant XVI est plus courte.)

398 — Suite complète de 1 titre, 1 frontispice et 18 figures par Marillier, pour la *Pucelle d'Orléans*, poëme héroï-comique en 18 chants. Genève (Cazin), 1777. Edition dite *anglaise*, in-18.

>Très belles épreuves du 1er tirage avec le mot *Book*, toutes marges. — Plus 11 pièces à l'eau-forte pure et un frontispice en état différent.

399 — Un frontispice et 14 vignettes, en-têtes de pages par Duplessis-Bertaux, pour la *Pucelle*, édition Cazin, 1780, in-18.

>Très belles épreuves avant la lettre tirées hors texte, toutes marges.

400 — Figures de Moreau, pour *La Pucelle*, édition de Khel, in-8.

>13 pièces avant la lettre et 8 à l'eau-forte pure.

VOLTAIRE

401 — Suite complète des 21 figures de Marillier,
Monnet, Monsiau et Lebarbier et un portrait
gravé par Gaucher, pour *La Pucelle*, édition
Didot le jeune, 1795, in-8.   *175*

> Très belles épreuves avant la lettre et avant les nu-
> méros à toutes marges. — Plus 7 pièces à l'eau-forte pure
> et une non terminée.

402 — La même suite complète.   *8*

> Épreuves avec la lettre, marges in-folio.

403 — Suite complète des 21 figures de Moreau, pour
La Pucelle, édition Renouard, in-8.   *106*

> Très belles épreuves avant la lettre à toutes marges,
> in-4. — Plus 2 eaux-fortes pures.

404 — Suite complète des 21 figures de Desenne et
un portrait, pour *La Pucelle*, in-8.   *6*

> Très belles épreuves avant la lettre sur blanc et sur
> Chine (les Chants IX et XVIII sont avec la lettre). — Plus
> 9 pièces à l'eau-forte pure.

WALTER SCOOT

405 — Suite complète des 85 figures de Desenne,
Johannot et Eug. Lami, plus 3 portraits, pour
les *Œuvres*, édition Gosselin, 1824, in-8.   *38*

> Très belles épreuves avant la lettre sur Chine, marges
> in-folio. — Plus 84 eaux-fortes pures également sur Chine
> in-4, et les 29 cartes de Perrot, sur Chine.

On y a joint la suite complète des 84 petits sujets d'Alfred et Tony Johannot en épreuves avant la lettre sur Chine, avec marges grand in-8.

406 — Suite complète des 33 figures de Johannot, pour les *Œuvres*, édition Furne, 1830-1832, in-8.

Très bel exemplaire en deux états : Eaux-fortes pures et avant la lettre sur Chine, marges in-8 et in-folio. — Plus la suite complète des 15 vues sur Chine, in-4.

407 — La même suite complète.

Épreuves avec la lettre sur blanc. — Plus les 15 vues, avec marges in-4. En livraisons.

XÉNOPHON

408 — Suite complète de 50 figures de Lebarbier et Boichot, pour les *Œuvres*, in-8.

Très belles épreuves avant la lettre, toutes marges. — Plus 3 pièces à l'eau-forte pure.

ZACHARIE

409 — Suite complète de 5 figures d'Eisen et un frontispice, et de 4 en-têtes, pour *Les Quatre parties du jour*, édition Musier, 1769, in-8.

Les figures sont avant la lettre et les en-têtes en tirage hors texte, grandes marges.

RED. : 20

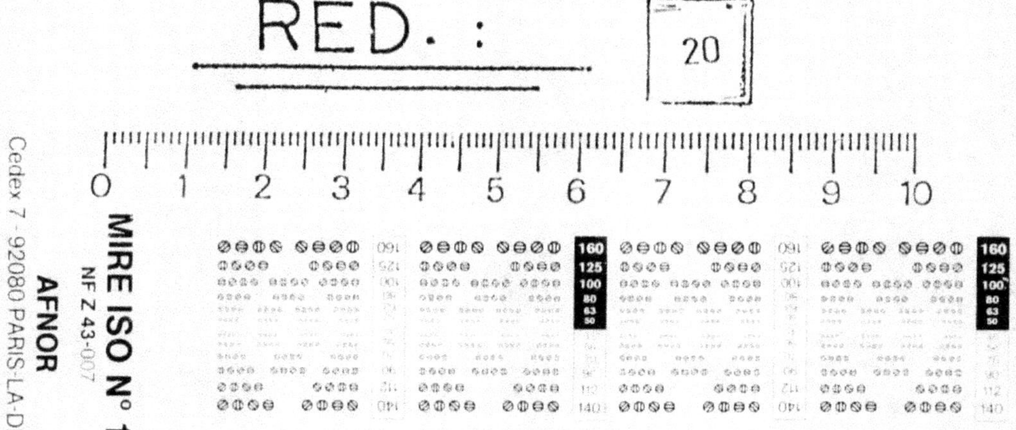

BIBLIOTHEQUE NATIONALE DE FRANCE

CHATEAU DE SABLE

1996

MIRE ISO N° 1

NF Z 43-007

AFNOR

Cedex 7 - 92080 PARIS-LA-DÉFENSE